36 15 ALEXIA

Les Humanoïdes Associés
ROMAN GRAPHIQUE.

COULEUR DE FREDERIC BOILET ET NATHYI

Frédéric Boilet

36 15 ALEXIA

LES HUMANOÏDES ASSOCIÉS

L'auteur tient à remercier :
Benoît Peeters,
pour sa collaboration amicale à l'écriture du scénario
Christian Rossi,
qui a dessiné les aventures de Jim l'Éclair
Emmanuelle Zanfonato,
qui a recopié la lettre de rupture, et
Alexia,
qui l'a écrite.

CONCEPTION GRAPHIQUE DE PASCAL GUICHARD

BOILET
36.15 ALEXIA

PREMIÈRE ÉDITION : JANVIER 1990 - LES HUMANOÏDES ASSOCIÉS

ACHEVÉ D'IMPRIMER EN DÉCEMBRE 1989
SUR LES PRESSES DE CLERC S.A. A SAINT-AMAND-MONTROND
ISBN 2-7316-0682-7
41-13-0363-01

TREVISO
COMICS.
0422 549 652
JIM... NOUS SOMMES AMIS.
APPROCHE JUDAS. J'AI UNE SURPRISE POUR TOI!..
FRRR
Voir 3.2.
Rappeler Catherine
UGC
"MA VIE DE CHIEN"
GAUMONT
"MACARONI"

BON, ALORS CETTE FOIS, PAS D'ENTOURLOUPETTE !
JE ME TIENS À CARREAU. FINI, LES HISTOIRES DE PETITES NANAS !...
...JE NE LES VOIS PAS !
1A
JE NE LES CONNAIS PAS.
JE N'EXISTE PAS POUR ELLES !
JE...
SNCF
JE SUIS DAMNÉ !
BON ! IL N'Y A QU'UNE SEULE NANA SUR CE QUAI, ET ELLE VIENT SE FOUTRE À CÔTÉ DE MOI. ELLE EST LÀ, TOUT PRÈS, JE PEUX LA TOUCHER, MAIS...
...JE VAIS ME RESSAISIR... JE VAIS L'ÉVITER... PIRE: JE L'IGNORE ! C'EST ÇA, T'ES TROP BELLE, TOI, JE T'IGNORE !
1B

NANCY, NANCY, DEUX MINUTES D'ARRÊT. CORRESPONDANCE POUR BLAINVILLE-DAMELEVIÈRES, CHARMES, CHÂTEL SUR MOSELLE, THAON LES VOSGES, ÉPINAL...
ELLE ME SUIT ! J'EN SUIS SÛR !
VOITURE 93, EN TÊTE DU TRAIN, TU VOIS BIEN !
FALLAIT RÉSERVER EN QUEUE. C'EST PLUS SÛR EN CAS D'ACCIDENT.
FAUT RUSER !
DEMI-TOUR
PARDON.
OUF... SAUVÉ !
T'AVAIS PAS DEMANDÉ DEUX FENÊTRES ?
AH, LA VACHE ! C'EST QU'ELLE ÉTAIT BELLE... VRAIMENT BELLE... PRESQUE AUTANT QU'ALEXIA...
NANCY
...NON... PAS AUTANT, QUAND MÊME...
!
C'EST UNE PLACE LIBRE, LÀ, NON ?...
AUSSI BELLE, BORDEL !
ELLE EST AUSSI BELLE QU'ALEXIA !
JE SUIS FOUTU !
RIEN ! JE NE FERAI RIEN ! JE NE L'AI PAS VUE ! ELLE N'EXISTE PAS ! JE SUIS IMPASSIBLE. DE MARBRE.
C'EST ÇA : JE SUIS UNE STATUE DE MARBRE !
VOUS VOULEZ UNE BANANE ?
ROOOO

HEIN ? PARDON ?
VOUS ÊTES LIVIDE, VOUS ÊTES MALADE ? ON N'A PAS ENCORE DÉCOLLÉ, VOUS SAVEZ ! PRENEZ UNE BANANE, ÇA VOUS CALLERA L'ESTOMAC !
EUH... NON... MERCI... ÇA VA PASSER...
DANS LE NOIR PEUT SE SUIVRE
36 15 CORDÉLIA
BON, JE LA MANGE, ALORS...
3A
ATTENDEZ !!
ROOooo
JE... AH ! AH ! AVOUEZ QUE VOUS Y AVEZ CRU, HEIN... QUE JE N'EN VOULAIS PAS ! ?..
BON... DU CALME... J'AI LA SITUATION BIEN EN MAIN. LA BANANE AUSSI. JE LA MANGE. JE RETOMBE DANS L'OUBLI.
ELLE NE ME VOIT PAS. JE N'EXISTE PAS.
RRR
FF
...
ÉCOUTEZ... JE... JE NE VEUX PAS LE SAVOIR !... JE...
FFF
RRR
JE DESCENDS À VALENCE, POUR LA SEMAINE DE LA MODE. ILS LANCENT LES COLLECTIONS D'AUTOMNE... JE VAIS ME TAPER TROIS DÉFILÉS DE SUITE !
RR
FFF
JE VEUX DIRE : JE DÉFILE... JE SUIS MANNEQUIN !
3B

JE...
HM ?...
...JE SAIS... JE... J'AI BIEN L'AIR UN PEU BIZARRE... C'EST QUE...
EXCUSEZ-MOI, MAIS... APRÈS TOUT, JE VOUS TROUVE L'AIR PLUTÔT RIGOLO !
EH BIEN... DE TOUTE FAÇON, ÇA NE COLLE PAS !... CE N'EST PAS NON PLUS UNE HISTOIRE RIGOLOTE ! ...VOUS AIMEZ LA BD ?
BEN... JE N'Y CONNAIS PAS GRAND CHOSE... POURQUOI ?
PARCE QUE J'EN AI UNE, ICI, QUE VOUS POUVEZ LIRE... VOUS VERREZ BIEN... EUH... NI BIZARRE, NI RIGOLOTE...
36 15 ALEXIA
4A
IH ! IH ! MAIS DE QUOI VOUS PARLEZ, AU JUSTE ?
PRENEZ, LISEZ, VOUS COMPRENDREZ.
36 15 ALEXIA
Dodgson
"...ALEXIA, SUR TA VIE, TU AVAIS JURÉ !..."
4B
Alexia, sur ta vie, tu avais juré...
"AU TOUT DÉBUT TU T'APPELAIS ALICE."
JIM L'ÉCLAIR ??
é...
"AU TOUT DÉBUT TU T'APPELAIS ALICE."
JIM L'ÉCLAIR ??
CHTAC !
"AU TOUT DÉBUT TU T'APPELAIS ALICE."
JIM L'ÉCLAIR ??
CHTAC !

Alexia,
Sur ta vie,
Tu avais juré...

CONCEPTION GRAPHIQUE D'AGNÈS CHARGUI

MARCELLO DODGSON
36-15 ALEXIA

PREMIÈRE ÉDITION : 1989 - LES HUMANOÏDES ASSOCIÉS

ACHEVÉ D'IMPRIMER EN DÉCEMBRE 1989
SUR LES PRESSES DE L'IMPRIMERIE JEAN LAMOUR À NANCY

"AU TOUT DÉBUT, TU T'APPELAIS ALICE."
JIM L'ÉCLAIR ?!
"RAPIDEMENT, TU AS CHANGÉ POUR ALOUETTE, MIROIR, PUIS FÉECLOCHETTE..."
CHTAC !
"... NORMAL PUISQUE J'ÉTAIS PETERPAN."
"CE N'EST QU'AU BOUT DE QUELQUES MOIS QUE TU AS DÉCIDÉ DE T'APPELER ALEXIA..."
JIM... JE...
UN PISTOLET LANCE-FUSÉE !? CE TRAÎTRE NOUS AVAIT MENTI !
"... JE VENAIS DE TE RÉVÉLER MON VRAI PRÉNOM : MARCELLO."
"ALEXIA À MARCELLO : MARCELLO... MON AMOUR... JE T'AIME... MON DIEU, COMME JE T'AIME !!..."
JIM... NOUS SOMMES AMIS...
APPROCHE, JUDAS, J'AI UNE SURPRISE POUR TOI !...
"MARCELLO À ALEXIA : ALEXIA... MA PETITE PUCE... JE T'AIME AUSSI... SI FORT... SI FORT..."
NON !!!
FRRRR
"JE T'AVAIS RENCONTRÉE SUR MINITEL, EN 36-15... JE CONNAISSAIS TON NOM, JE SAVAIS TES MOTS... BIENTÔT J'ALLAIS DÉCOUVRIR TON VISAGE..."

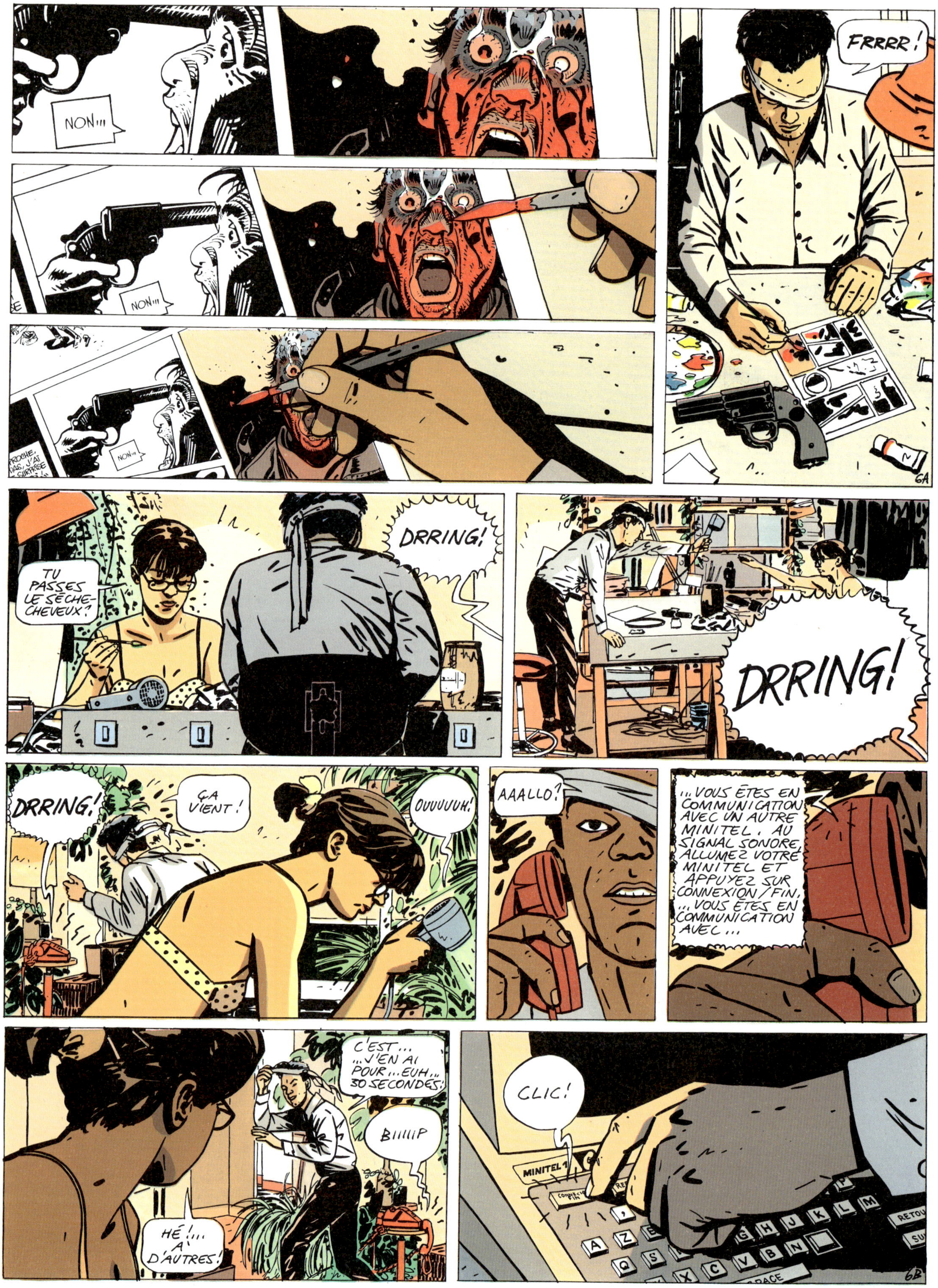
NON!!!
NON!!!
NON!!!
FRRRR!
TU PASSES LE SÈCHE-CHEVEUX?
DRRING!
DRRING!
DRRING!
ÇA VIENT!
OUUUUUH!
AAALLO?
...VOUS ÊTES EN COMMUNICATION AVEC UN AUTRE MINITEL. AU SIGNAL SONORE, ALLUMEZ VOTRE MINITEL ET APPUYEZ SUR CONNEXION/FIN. ...VOUS ÊTES EN COMMUNICATION AVEC...
C'EST... ...J'EN AI POUR... EUH... 30 SECONDES!
BIIIIP
HÉ!... À D'AUTRES!
CLIC!
MINITEL 1

COMMUNICATION MINITEL/MINITEL C
-...MARCELLO?
MA PETITE PUCE ... MON AMOUR ... AH, COMME J'ATTENDAIS TON APPEL !
COMMUNICATION MINITEL/MINITEL C
-...MARCELLO?
-MA PETITE PUCE... MON AMOUR... AH, COMM
E J'ATTENDAIS TON APPEL! J'AI UN MAL DE
CHIEN A DESSINER... TU ME MANQUES... SI
TU SAVAIS...
-MARCELLO, MON DOUX AMOUR, JE T'IMAGINE,
SANS CESSE, A MES COTES... LE SOIR, JE
REGARDE LA LUNE ET JE PENSE A TOI... JE
LA CARESSE COMME JE CARESSE CHAQUE IMAGE
DE TOI...
TU... TU AS TROUVÉ LA REVUE ?
-TU... TU AS TROUVE LA REVUE?
-OUI, MON AMOUR... JE L'AI LA, SOUS MES
YEUX... JE TE VOIS... JE TE DEVINE, AU-D
ELA DE TON TRAIT DE PINCEAU... JE TE REC
ONNAITRAIS N'IMPORTE OU DESORMAIS, CAR J
E SUIS SURE QUE TU T'ES DESSINE TRES RES
SEMBLANT!
-AH! AH!... POUR TOUT DIRE, JE ME RASE P
LUS SOUVENT QUE CET IMBECILE DE JIM L'EC
LAIR!... ET PUIS
ET PUIS J'AI MES DEUX YEUX, MOI !
-MARCELLO... MON AMOUR... AS-TU RECU MA
CARTE POSTALE?
OUI ! ELLE EST LÀ, À CÔTÉ DU MINITEL ... JE LA VOIS ...
JE LA VOIS...
-TU NE DEVINES PAS?
-...NE ME DIS PAS QUE...?
-MAIS SIII! MARCELLO, MON AMOUR, C'EST M
OI SUR CETTE PHOTO!!!
-TOI?... OOOH! TOI... ENFIN!
-IH! IH! TU NE M'EN VEUX PAS... LA PHOTO
EST DE DOS... C'EST UN CLIN D'OEIL...
JE RIS DE BONHEUR ! ... TE DEVINER ENFIN !
UNE PHOTO DE DOS !! AH, LA VACHE, ELLE SE FOUT DE MOI !

-JE RIS DE BONHEUR!... TE DEVINER ENFIN! COMME TU DOIS ETRE BELLE... ET CETTE NU QUE, COMME JE VOUDRAIS Y POSER MES LEVRE S... JE L'EMBRASSERAIS, TENDREMENT... PO SANT MES MAINS SUR TES YEUX, JE TOURNERA IS TON VISAGE VERS LE MIEN... PUIS JE DE VOILERAIS TON REGARD... ENFIN,
ENFIN, JE TE DÉCOUVRIRAIS...
-OOOOOOH! MARCELLO... J'AI... J'AI UNE SURPRISE POUR TOI!!
???
-???
-UNE GROOOOOOSSE SURPRISE!... MON AMOUR... MON TENDRE...
-C'EST QUOIII???? VIIIIITE!!!
-MON AMOUR... J'AI FAIT QUELQUES PHOTOS A PARIS, LE MOIS DERNIER, POUR "HUIT"... L'AFFICHETTE EST SORTIE... TU PEUX LA VOIR DANS N'IMPORTE QUEL GRAND MAGASIN!
QUOI? C'EST VRAI? YAHOUUUU! JE LA RECONNAIS, COMMENT?
NAIS COMMENT?
-"HUIT"... UNE PETITE BRUNE ... IL N'Y A PAS 36 AFFICHETTES, TU SAIS!
-YAHOOOOUUUU!!! J'Y VAIS IM-ME-DIA-TE-MENT!
-
-ALEXIA?
-
-ALEXIA?? TU ES LA??
-
-ALEXIA!! REPONDS??!!
-MARCELLO... MON AMOUR.. JE DOIS COUPER... JE T'EXPLIQUERAI!
FIN DE COMMUNICATION

MEEERDE !!
QU'EST-CE QUE C'EST QUE CE BORDEL ?
T'AS QU'À FAIRE LES CIELS. DU BLEU DE COBALT, UNE GOUTTE DE PHTALOCYANINE, DEUX DE CÉRULEUM, ET QUAND IL PLEUT, TU BALANCES LE CYAN AVEC BEAUCOUP DE BLANC, FACILE ! TU... EUH... T'AS PAS DES TICKETS DE BUS ?
EH ! MAIS ? TU PARS ?... ET MOI, JE FAIS QUOI, ALORS ?
9A
XPLORATEUR
salon des aventuriers
9B
MAGASINS RÉUNIS
Printemps
UN... DEUX...
Printemps
9C

TROIS...
QUATRE... CINQ...
BARBARA
LOU
SIX... SEPT...
H...
10A
8 CAISSE
HUIT
HUIT
8 HUIT
Je laisse mon spleen au vestiaire
et j'enfile un Huit
8 HUIT
ALEXIA... JE RÊVE... TU ES... BELLE... SI BELLE...
MONSIEUR?
10B

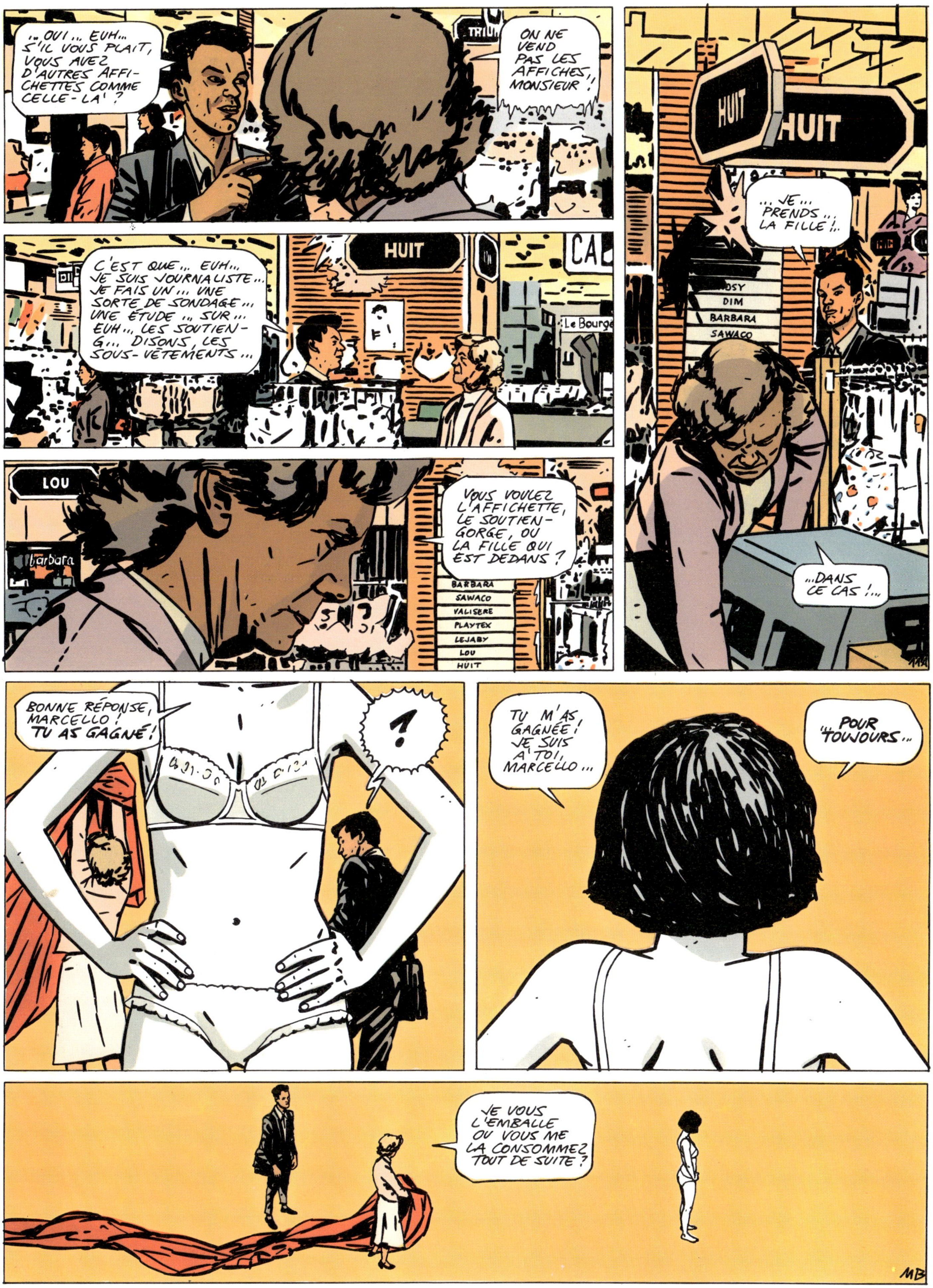
...OUI... EUH... S'IL VOUS PLAIT, VOUS AVEZ D'AUTRES AFFICHETTES COMME CELLE-LÀ ?
ON NE VEND PAS LES AFFICHES, MONSIEUR !
C'EST QUE... EUH... JE SUIS JOURNALISTE... JE FAIS UN... UNE SORTE DE SONDAGE... UNE ÉTUDE... SUR... EUH... LES SOUTIEN-G... DISONS, LES SOUS-VÊTEMENTS...
VOUS VOULEZ L'AFFICHETTE, LE SOUTIEN-GORGE, OU LA FILLE QUI EST DEDANS ?
...JE... PRENDS... LA FILLE !..
...DANS CE CAS !...
BONNE RÉPONSE, MARCELLO ! TU AS GAGNÉ !
?
TU M'AS GAGNÉE ! JE SUIS À TOI, MARCELLO...
...POUR TOUJOURS...
JE VOUS L'EMBALLE OU VOUS ME LA CONSOMMEZ TOUT DE SUITE ?
HUIT
BARBARA
SAWACO
VALISERE
PLAYTEX
LEJABY
LOU
DIM
MB

NON! NON!!
C'EST POUR TOUT DE SUITE!
EH! DU CALME! TU PEUX Y ALLER TOI-MÊME, SI TU ES PRESSÉ!
DRRING!
?
12A
OOOF... QUELLE HEURE ...IL EST?
DRRING!
ONZE HEURES.
DRRING!
...SI C'EST L'HENRI, DIS-LUI QUE JE SUIS À TOMBOUCTOU!
ALLO?
UNE NANA!
POUR TOI!
AAALLO?
...MARCELLO... MON AMOUR... J'AI PAS FAIT UNE BÊTISE, HEIN?...
EUH... NON... JE... ATTENDS...
ALEXIA...
C'ÉTAIT CATHERINE, HEIN?
12B

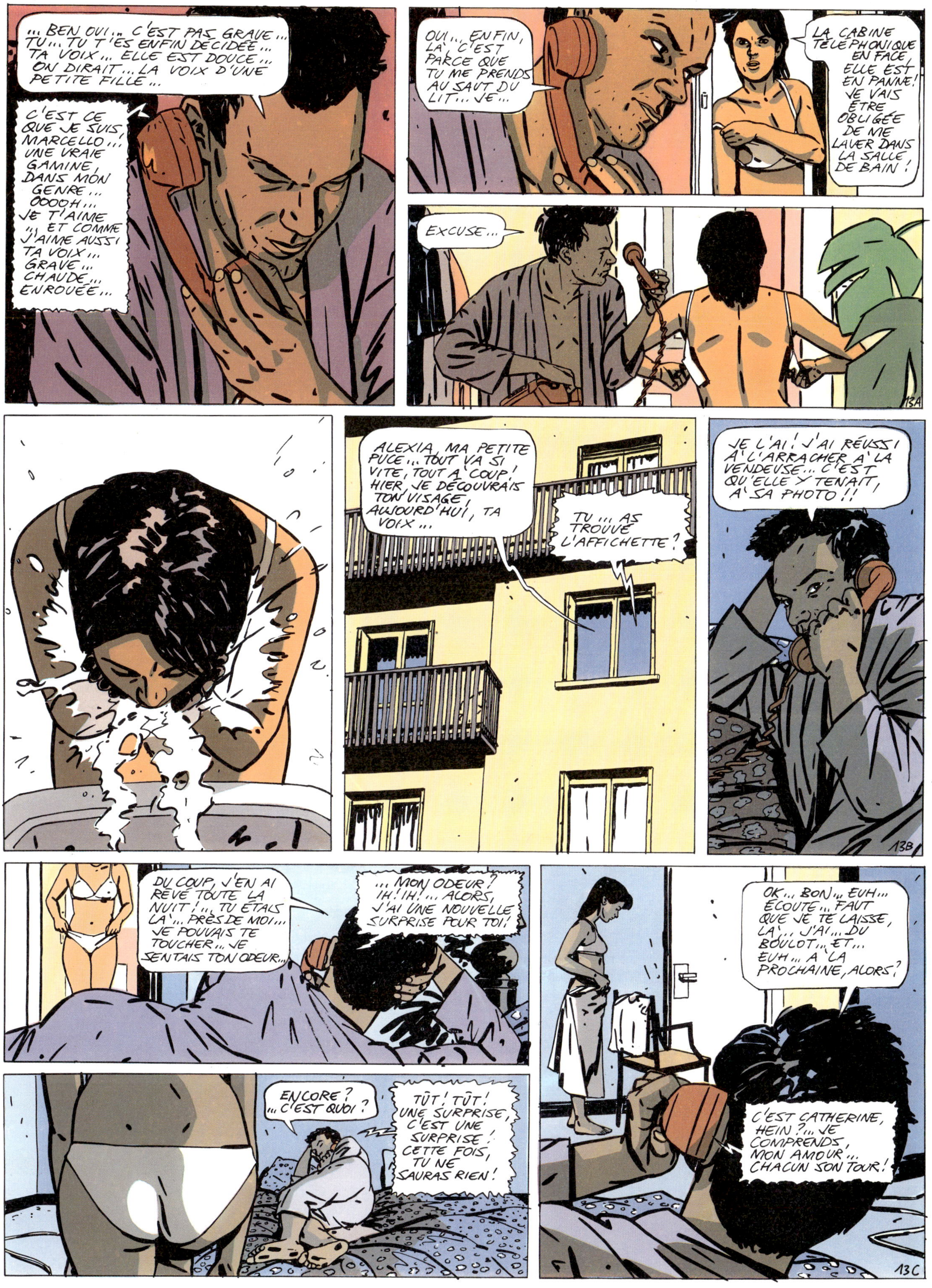
... BEN OUI... C'EST PAS GRAVE... TU... TU T'ES ENFIN DÉCIDÉE... TA VOIX... ELLE EST DOUCE... ON DIRAIT... LA VOIX D'UNE PETITE FILLE...
C'EST CE QUE JE SUIS, MARCELLO... UNE VRAIE GAMINE, DANS MON GENRE... OOOOH... JE T'AIME... ET COMME J'AIME AUSSI TA VOIX... GRAVE... CHAUDE... ENROUÉE...
OUI... ENFIN, LÀ, C'EST PARCE QUE TU ME PRENDS AU SAUT DU LIT... JE...
LA CABINE TÉLÉPHONIQUE EN FACE, ELLE EST EN PANNE! JE VAIS ÊTRE OBLIGÉE DE ME LAVER DANS LA SALLE DE BAIN!
EXCUSE...
13A
ALEXIA, MA PETITE PUCE... TOUT VA SI VITE, TOUT À COUP! HIER, JE DÉCOUVRAIS TON VISAGE, AUJOURD'HUI, TA VOIX...
TU... AS TROUVÉ L'AFFICHETTE?
JE L'AI! J'AI RÉUSSI À L'ARRACHER À LA VENDEUSE... C'EST QU'ELLE Y TENAIT, À SA PHOTO!!
13B
DU COUP, J'EN AI RÊVÉ TOUTE LA NUIT!... TU ÉTAIS LÀ... PRÈS DE MOI... JE POUVAIS TE TOUCHER... JE SENTAIS TON ODEUR...
... MON ODEUR? IH! IH!... ALORS, J'AI UNE NOUVELLE SURPRISE POUR TOI!
OK... BON... EUH... ÉCOUTE... FAUT QUE JE TE LAISSE, LÀ... J'AI... DU BOULOT... ET... EUH... À LA PROCHAINE, ALORS?
ENCORE? ... C'EST QUOI?
TÛT! TÛT! UNE SURPRISE, C'EST UNE SURPRISE! CETTE FOIS, TU NE SAURAS RIEN!
C'EST CATHERINE, HEIN?... JE COMPRENDS, MON AMOUR... CHACUN SON TOUR!
13C

JE T'AIME, MARCELLO... IL FAUT QUE TU T'EN SOUVIENNES... TOUJOURS... TOUJOURS...
OK! ON FAIT COMME ÇA!... À BIENTÔT!
JE T'AIME... JE T'AIME...
JE DÉRANGE, ON DIRAIT...
CLIC!
HEIN? TU PLAISANTES!
BON... ALORS... C'EST QUI, ENCORE CETTE NANA?
OOOF... ALEXIA?... JE... JE T'EN AI DÉJÀ PARLÉ, NON?... LA NANA DU MINITEL... LA MANNEQUIN...
ELLE A TON NUMÉRO, MAINTENANT?
...J'AI DÛ LUI DONNER ...UN JOUR...
C'EST ELLE QUI A UN MEC JALOUX, À MOITIÉ GIVRÉ, QUI LA SÉQUESTRE?
HM?... OUI... ENFIN... C'EST CE QU'ELLE DIT... JE NE SAIS PLUS...
MOUAIS...
BREF, C'EST TES HISTOIRES, PAS VRAI?... TU SAIS CE QUE TU FAIS!
OH LA LA! TU ME CONNAIS!
BON, JE FILE! M'ATTENDS PAS AVANT MINUIT: Y'A MANU QUI VIENT, ON VA BOSSER SUR LE RAYON...
OK! À CE SOIR...
DRRIING!
Le Rayon Vert

DRRING!
ALLO?
BONJOUR MARCELLO, HENRI, À L'APPAREIL. COMMENT ALLEZ-VOUS?
ÇA VA... MERCI... JE... SUIS EN PLEIN... BOULOT...
PARFAIT! ÇA TOMBE BIEN, ON SORT LE NUMÉRO DE JUILLET EN JUIN: IL ME FAUT LA PAGE 46 AU PLUS TARD LE 28 MAI!
HEIN?! ÇA FAIT QUINZE PAGES EN UN MOIS, ÇA? COMMENT VOUS VOULEZ QUE JE FASSE?
AH, MAIS, COMME VOUS VOULEZ, MARCELLO... PRENEZ D'AUTRES COLORISTES!
JE... JE VAIS VOIR CE QUE JE PEUX FAIRE... AU REVOIR...
CLIC!
ALEXIA... TA VOIX... UN SOUFFLE D'EAU CLAIRE... SALÉ DE LUMIÈRE...
...NAÏVE... PURE... PAS LA VOIX D'UNE MENTEUSE... C'EST QU'IL Y A DE QUOI Y CROIRE, À CETTE HISTOIRE...

DÉCOLLETÉS PILE OU FACE
ATTENDS... TU VEUX DIRE QUE...
JE TE JURE !
...PAR LA POSTE ?
...JE LUI DIS QUE J'AI RÊVÉ D'ELLE... QUE JE LA TOUCHAIS ...JE LUI PARLE DE SON ODEUR... ET CRAC !...
16A
...DEUX JOURS APRÈS, JE LA REÇOIS PAR LA POSTE, EN RECOMMANDÉ, AVEC ACCUSÉ DE RÉCEPTION !
ALORS, MONTRE-LA ! SOIS PAS VACHE...
PAS QUESTION ! C'EST SON CADEAU ! POUR MOI TOUT SEUL ! SA SURPRISE ! SA PETITE CULOTTE ! SON ODEUR !...
EH BIEN, MOI, VOUS ME POMPEZ, AVEC VOTRE ALEXIA ! ET FRANCHEMENT, CATHERINE, JE L'ADMIRE !!
C'EST VRAI, MARCELLO... LA PROIE POUR L'OMBRE, TU CONNAIS ?
16B

LA PROIE... L'OMBRE... SI SEULEMENT C'ÉTAIT AUSSI SIMPLE...
ELLE TE MONTE UN BATEAU, CETTE NANA ! ... SI C'EST UNE NANA !
MAIS BIEN SÛR QUE C'EST UNE NANA ! JE L'AI EUE AU TÉLÉPHONE, JE TE DIS, ET ELLE A PAS UNE VOIX DE DÉMÉNAGEUR !
ET TANT PIS SI JE SUIS LE SEUL À Y CROIRE, C'EST MON ALEXIA, C'EST MON SCÉNARIO, JE M'APPLIQUE À LE VIVRE DEPUIS 6 MOIS, J'EN TIRERAI FORCÉMENT QUELQUE CHOSE !
6 MOIS SANS L'AVOIR JAMAIS VUE !... IL EST FOU !
POURQUOI TU CROIS QUE JE VAIS À PARIS ? POUR LIVRER MES PLANCHES ?
T'AS RENCARD AVEC ELLE ?
DEMAIN, GARE DE LYON. ELLE ARRIVE PAR LE TRAIN DE 14H04.
17A
T'AURAS TON GILET PARE-BALLE ?
PARCE QUE SON MEC, LUI, IL AURA SA CARABINE !
AH ! À PROPOS...
...J'AI AMENÉ CE QUE TU M'AVAIS DEMANDÉ...
ÇA VIENT DE MON GRAND-PÈRE... ÇA TRAÎNAIT AU GRENIER DEPUIS PLUS DE 20 ANS !
C'EST LES FUSÉES, POUR LA DOC ?
SUPER ! ELLES MARCHENT ENCORE !
SAIS PAS... C'EST TOI QUI A LE PISTOLET, TU PEUX TOUJOURS ESSAYER... T'AS UNE BONNE ASSURANCE ?
TON MANNEQUIN... ON PARIE QUOI QU'ELLE TE POSE UN LAPIN ?...
17B

ELECTRIQUE
PAUL GARNIER
18A
EAU
NON
POTAB
18B
C
-JE SUIS UN CRETIN, ALEXIA... TU LE SAIS BIEN...

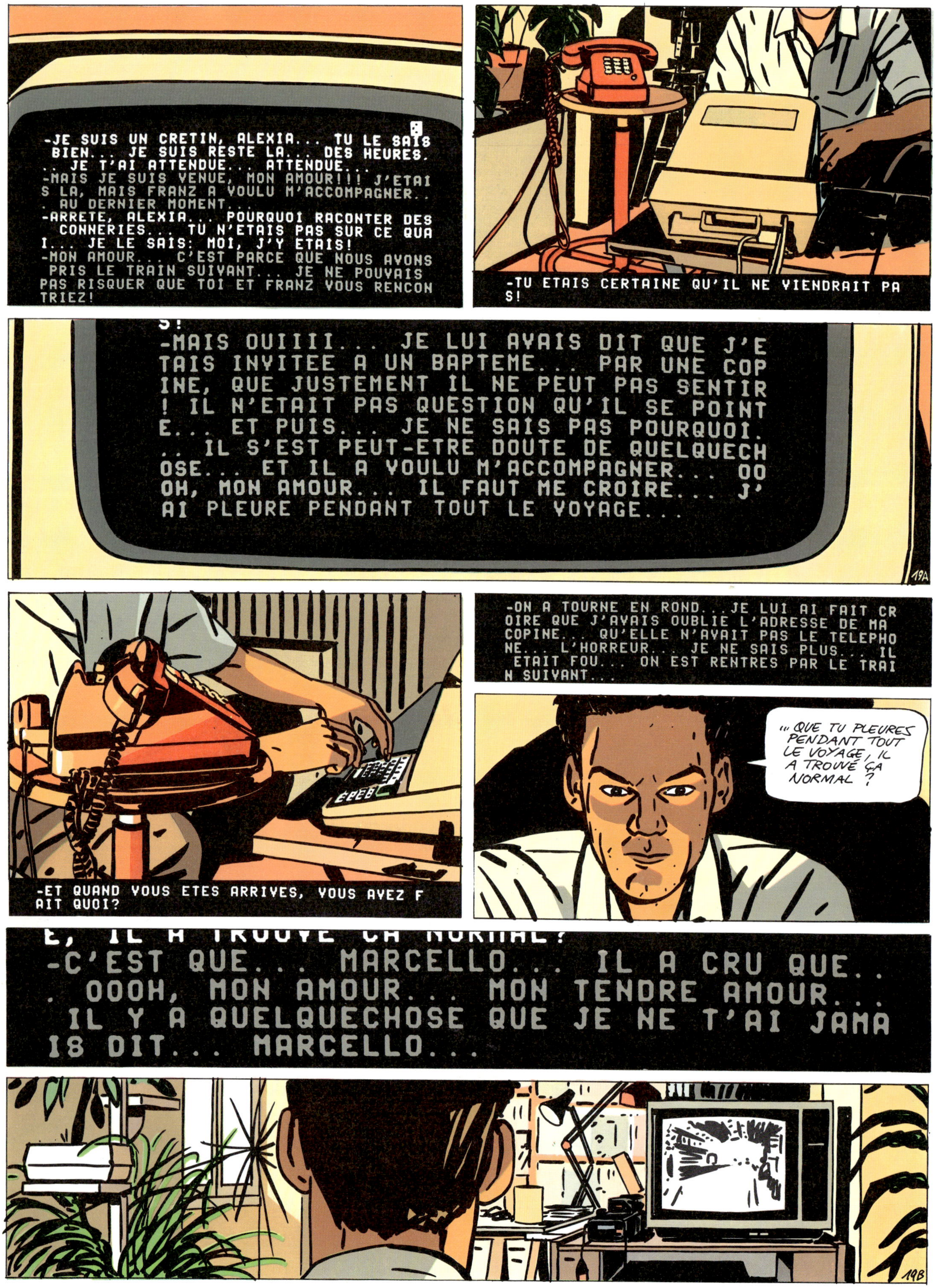
-JE SUIS UN CRETIN, ALEXIA... TU LE SAIS BIEN... JE SUIS RESTE LA... DES HEURES. .. JE T'AI ATTENDUE... ATTENDUE...
-MAIS JE SUIS VENUE, MON AMOUR!!! J'ETAIS LA, MAIS FRANZ A VOULU M'ACCOMPAGNER... AU DERNIER MOMENT...
-ARRETE, ALEXIA... POURQUOI RACONTER DES CONNERIES... TU N'ETAIS PAS SUR CE QUAI... JE LE SAIS: MOI, J'Y ETAIS!
-MON AMOUR... C'EST PARCE QUE NOUS AVONS PRIS LE TRAIN SUIVANT... JE NE POUVAIS PAS RISQUER QUE TOI ET FRANZ VOUS RENCONTRIEZ!
-TU ETAIS CERTAINE QU'IL NE VIENDRAIT PAS!
S!
-MAIS OUIIII... JE LUI AVAIS DIT QUE J'ETAIS INVITEE A UN BAPTEME... PAR UNE COPINE, QUE JUSTEMENT IL NE PEUT PAS SENTIR! IL N'ETAIT PAS QUESTION QU'IL SE POINTE... ET PUIS... JE NE SAIS PAS POURQUOI... IL S'EST PEUT-ETRE DOUTE DE QUELQUECHOSE... ET IL A VOULU M'ACCOMPAGNER... OOOH, MON AMOUR... IL FAUT ME CROIRE... J'AI PLEURE PENDANT TOUT LE VOYAGE...
19A
-ET QUAND VOUS ETES ARRIVES, VOUS AVEZ FAIT QUOI?
-ON A TOURNE EN ROND...JE LUI AI FAIT CROIRE QUE J'AVAIS OUBLIE L'ADRESSE DE MA COPINE... QU'ELLE N'AVAIT PAS LE TELEPHONE... L'HORREUR... JE NE SAIS PLUS... IL ETAIT FOU... ON EST RENTRES PAR LE TRAIN SUIVANT...
... QUE TU PLEURES PENDANT TOUT LE VOYAGE, IL A TROUVÉ ÇA NORMAL ?
-C'EST QUE... MARCELLO... IL A CRU QUE... OOOH, MON AMOUR... MON TENDRE AMOUR... IL Y A QUELQUECHOSE QUE JE NE T'AI JAMAIS DIT... MARCELLO...
19B

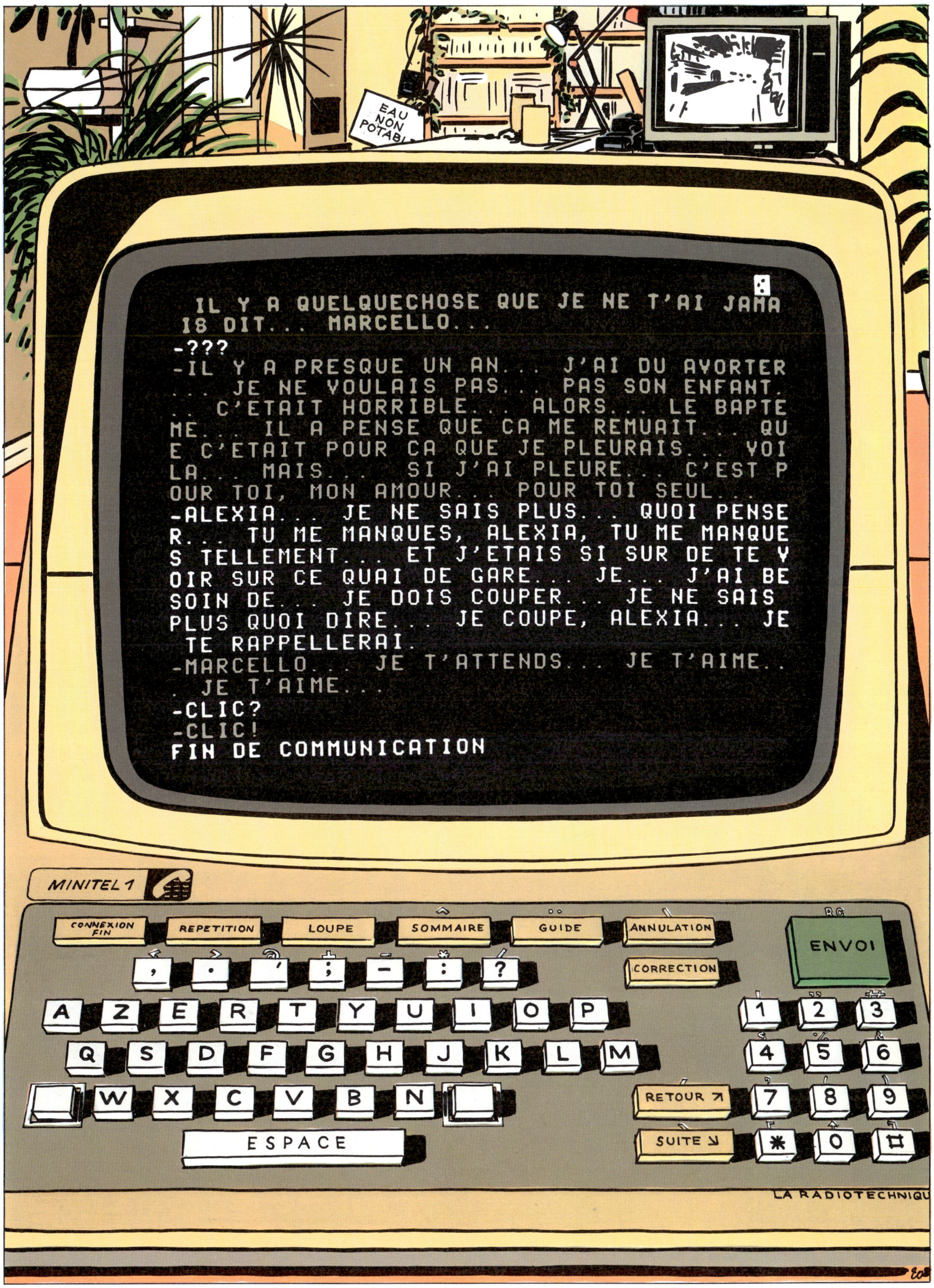
EAU NON POTABL
IL Y A QUELQUECHOSE QUE JE NE T'AI JAMA
IS DIT... MARCELLO...
-???
-IL Y A PRESQUE UN AN... J'AI DU AVORTER
... JE NE VOULAIS PAS... PAS SON ENFANT.
.. C'ETAIT HORRIBLE... ALORS... LE BAPTE
ME... IL A PENSE QUE CA ME REMUAIT... QU
E C'ETAIT POUR CA QUE JE PLEURAIS... VOI
LA... MAIS... SI J'AI PLEURE... C'EST P
OUR TOI, MON AMOUR... POUR TOI SEUL...
-ALEXIA... JE NE SAIS PLUS... QUOI PENSE
R... TU ME MANQUES, ALEXIA, TU ME MANQUE
S TELLEMENT... ET J'ETAIS SI SUR DE TE V
OIR SUR CE QUAI DE GARE... JE... J'AI BE
SOIN DE... JE DOIS COUPER... JE NE SAIS
PLUS QUOI DIRE... JE COUPE, ALEXIA... JE
TE RAPPELLERAI.
-MARCELLO... JE T'ATTENDS... JE T'AIME..
. JE T'AIME...
-CLIC?
-CLIC!
FIN DE COMMUNICATION
MINITEL 1
CONNEXION FIN
REPETITION
LOUPE
SOMMAIRE
GUIDE
ANNULATION
ENVOI
CORRECTION
A Z E R T Y U I O P
Q S D F G H J K L M
W X C V B N
ESPACE
RETOUR
SUITE
LA RADIOTECHNIQU

"ALEXIA..."
"ALEXIA..."
"REGARDE..."
"CHAQUE IMAGE,..."
"... CHAQUE TRAIT DE PINCEAU ME MURMURENT TON NOM."
"VINGT PAGES SE SONT DESSINÉES,..."
"... J'EN ÉCOUTERAI VINGT, ENCORE."
FRRRR
"ALEXIA..."
"ALEXIA..."

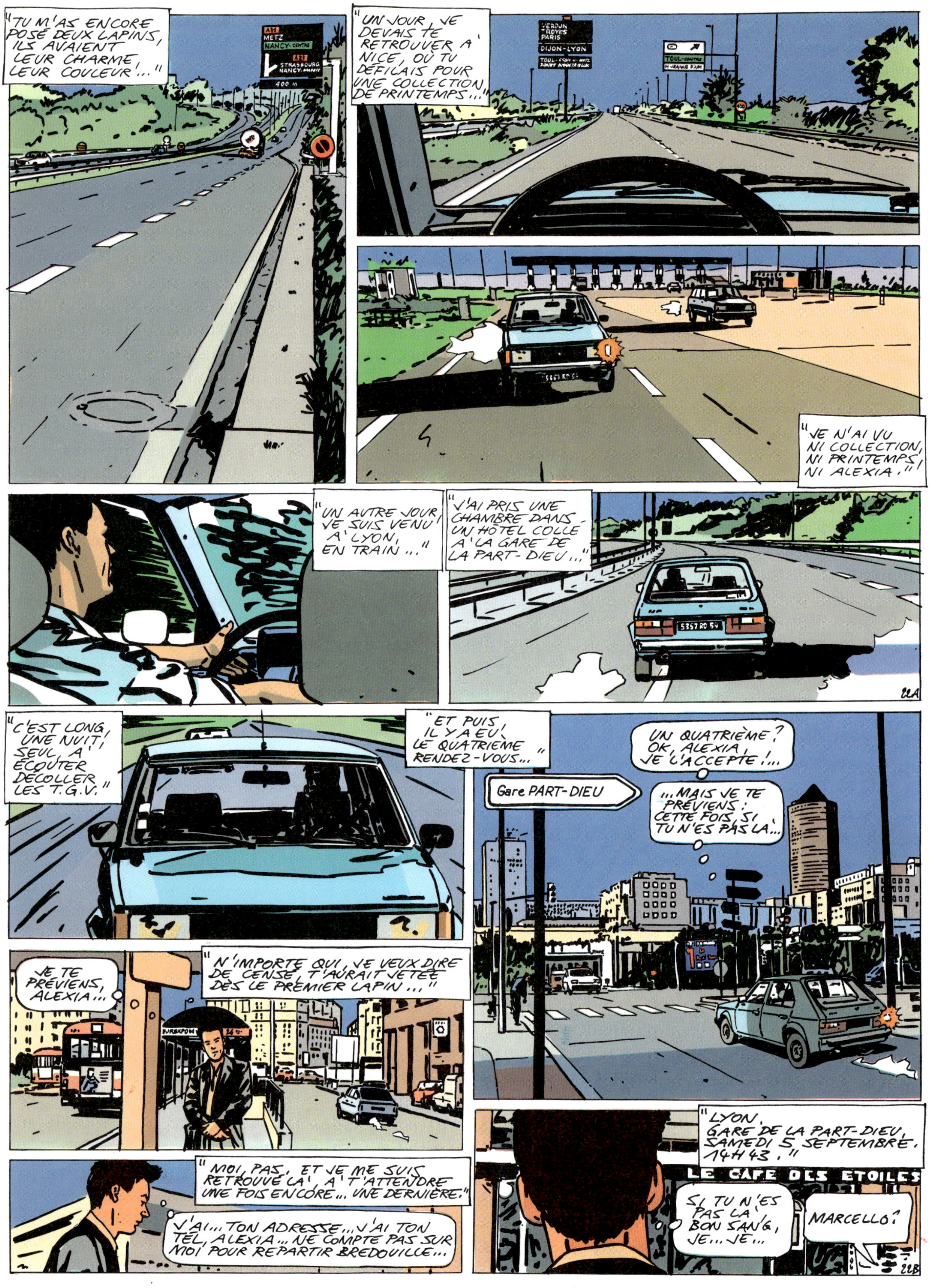
"TU M'AS ENCORE POSÉ DEUX LAPINS, ILS AVAIENT LEUR CHARME, LEUR COULEUR !..."
METZ
NANCY-CENTRE
STRASBOURG
400 m
"UN JOUR, JE DEVAIS TE RETROUVER À NICE, OÙ TU DÉFILAIS POUR UNE COLLECTION DE PRINTEMPS..."
VERDUN TROYES PARIS
DIJON-LYON
"JE N'AI VU NI COLLECTION, NI PRINTEMPS, NI ALEXIA."
"UN AUTRE JOUR JE SUIS VENU À LYON, EN TRAIN..."
"J'AI PRIS UNE CHAMBRE DANS UN HÔTEL COLLÉ À LA GARE DE LA PART-DIEU..."
5357 RD 54
"C'EST LONG, UNE NUIT, SEUL, À ÉCOUTER DÉCOLLER LES T.G.V."
"ET PUIS, IL Y A EU LE QUATRIÈME RENDEZ-VOUS..."
Gare PART-DIEU
UN QUATRIÈME ? OK, ALEXIA, JE L'ACCEPTE !...
...MAIS JE TE PRÉVIENS : CETTE FOIS, SI TU N'ES PAS LÀ...
JE TE PRÉVIENS, ALEXIA...
"N'IMPORTE QUI, JE VEUX DIRE DE CENSÉ, T'AURAIT JETÉE DÈS LE PREMIER LAPIN..."
"MOI, PAS, ET JE ME SUIS RETROUVÉ LÀ, À T'ATTENDRE UNE FOIS ENCORE... UNE DERNIÈRE."
J'AI... TON ADRESSE... J'AI TON TÉL, ALEXIA... NE COMPTE PAS SUR MOI POUR REPARTIR BREDOUILLE...
"LYON, GARE DE LA PART-DIEU, SAMEDI 5 SEPTEMBRE, 14H43."
LE CAFÉ DES ÉTOILES
SI TU N'ES PAS LÀ, BON SANG, JE... JE...
MARCELLO ?

MARCELLO... JE T'AI RECONNU TOUT DE SUITE !
J'AI... J'AI COURU... MA VOITURE EST TOMBÉE EN PANNE... J'AI DÛ PRENDRE LE BUS !... J'AVAIS PEUR D'ÊTRE EN RETARD !
"NOOON... TU PARLES... PAS GRAVE... J'AURAIS ATTENDU !..."
MARCELLO... MON AMOUR... J'AI UNE SURPRISE POUR TOI !
"ENCORE ?... TU VEUX ME FAIRE MOURIR... DIS-MOI VITE !"
FRANZ ! IL EST DE GARDE ! TOUTE LA NUIT !
"ALEXIA... TON VISAGE... UN CIEL DE SABLE... PIQUÉ D'ÉTOILES ROUSSES..."
TU NE M'ÉCOUTES PAS... TU PENSES À QUOI ?
"TOUTES TES TACHES DE ROUSSEUR... ON NE LES VOYAIT PAS, SUR LES PHOTOS..."
LES PHOTOS DE PUB... ELLES SONT RETOUCHÉES... ET PUIS LE MAQUILLAGE... TU NE LES AIMES PAS MES PETITES TACHES ?

"JE LES ADORE, ALEXIA, ...
... ELLES SONT MALIGNES."
"ALEXIA... TES PETITES TACHES... JE LES EMBRASSERAI...
... UNE PAR UNE."

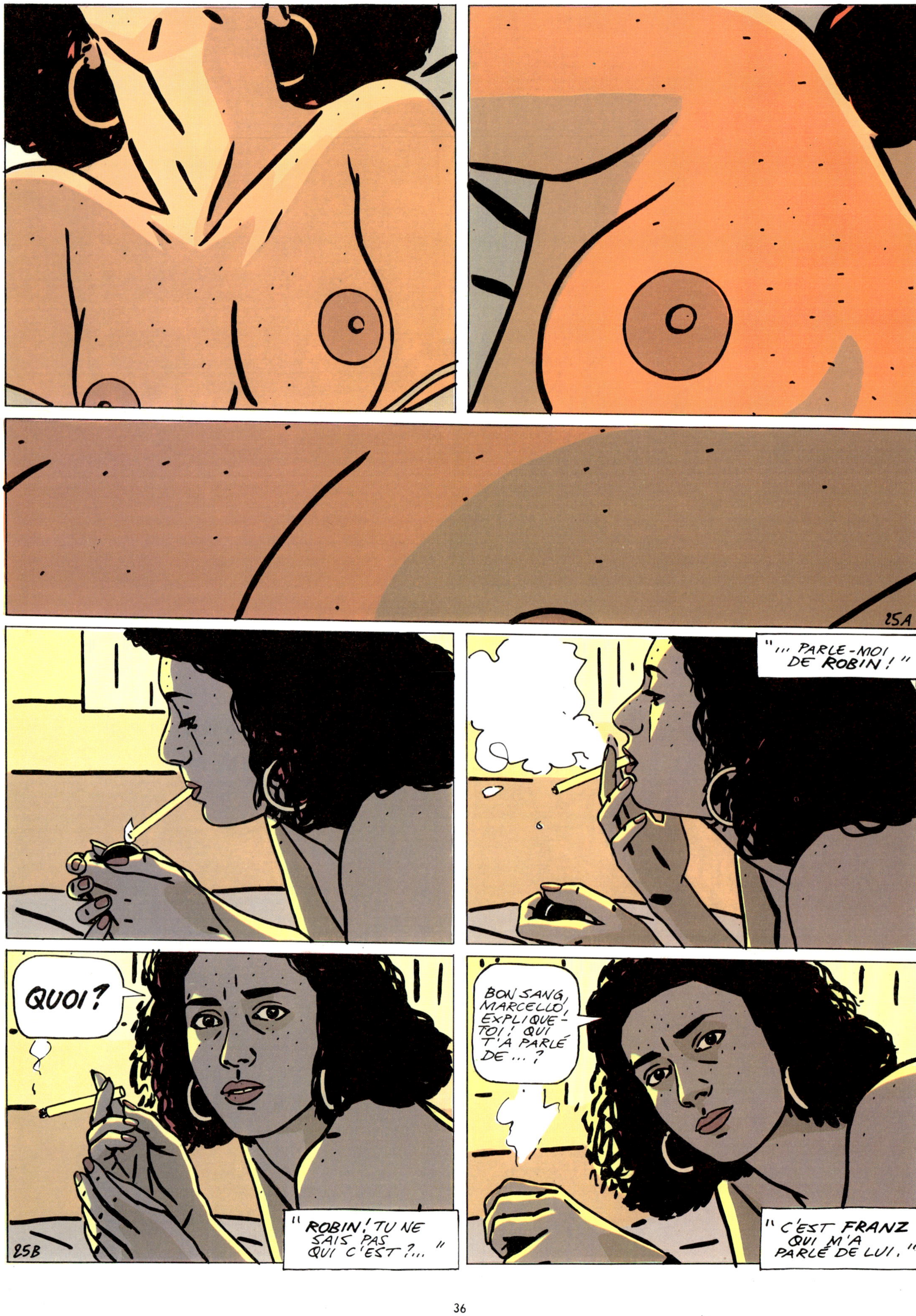
25A
"... PARLE-MOI DE ROBIN !"
QUOI ?
"ROBIN ! TU NE SAIS PAS QUI C'EST ?..."
25B
BON SANG, MARCELLO, EXPLIQUE-TOI ! QUI T'A PARLÉ DE... ?
"C'EST FRANZ QUI M'A PARLÉ DE LUI."

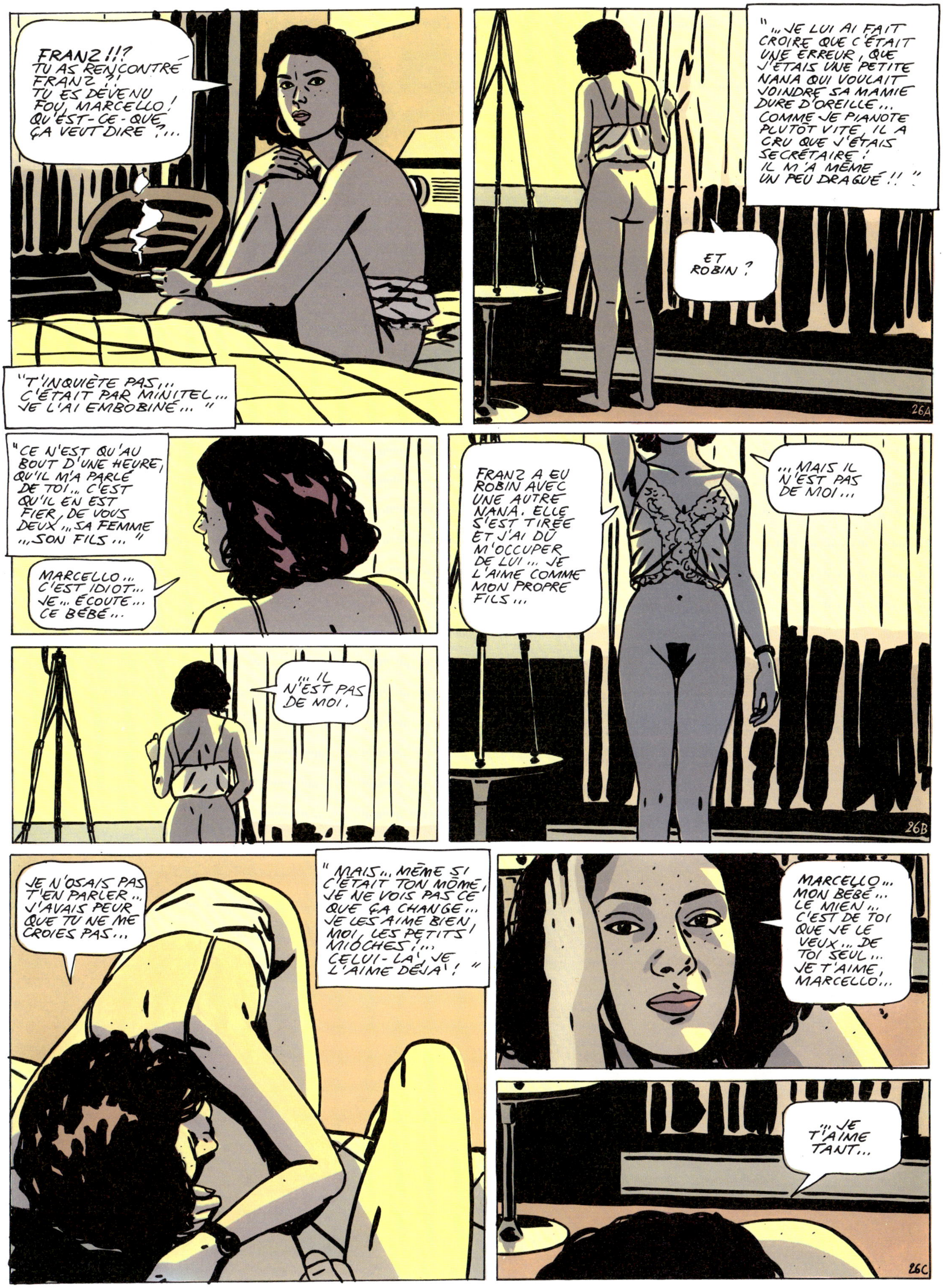
FRANZ !!? TU AS RENCONTRÉ FRANZ ?! TU ES DEVENU FOU, MARCELLO ! QU'EST-CE-QUE ÇA VEUT DIRE ?...
"T'INQUIÈTE PAS... C'ÉTAIT PAR MINITEL... JE L'AI EMBOBINÉ... "
"...JE LUI AI FAIT CROIRE QUE C'ÉTAIT UNE ERREUR, QUE J'ÉTAIS UNE PETITE NANA QUI VOULAIT JOINDRE SA MAMIE DURE D'OREILLE... COMME JE PIANOTE PLUTOT VITE, IL A CRU QUE J'ÉTAIS SECRÉTAIRE ! IL M'A MÊME UN PEU DRAGUÉ !! "
ET ROBIN ?
26A
"CE N'EST QU'AU BOUT D'UNE HEURE, QU'IL M'A PARLÉ DE TOI... C'EST QU'IL EN EST FIER, DE VOUS DEUX... SA FEMME ...SON FILS... "
MARCELLO... C'EST IDIOT... JE... ÉCOUTE... CE BÉBÉ...
...IL N'EST PAS DE MOI.
FRANZ A EU ROBIN AVEC UNE AUTRE NANA. ELLE S'EST TIRÉE ET J'AI DÛ M'OCCUPER DE LUI... JE L'AIME COMME MON PROPRE FILS...
...MAIS IL N'EST PAS DE MOI...
26B
JE N'OSAIS PAS T'EN PARLER... J'AVAIS PEUR QUE TU NE ME CROIES PAS...
"MAIS... MÊME SI C'ÉTAIT TON MÔME, JE NE VOIS PAS CE QUE ÇA CHANGE... JE LES AIME BIEN, MOI, LES PETITS MIOCHES !... CELUI-LÀ, JE L'AIME DÉJÀ ! "
MARCELLO... MON BÉBÉ... LE MIEN... C'EST DE TOI QUE JE LE VEUX... DE TOI SEUL... JE T'AIME, MARCELLO...
...JE T'AIME TANT...
26C

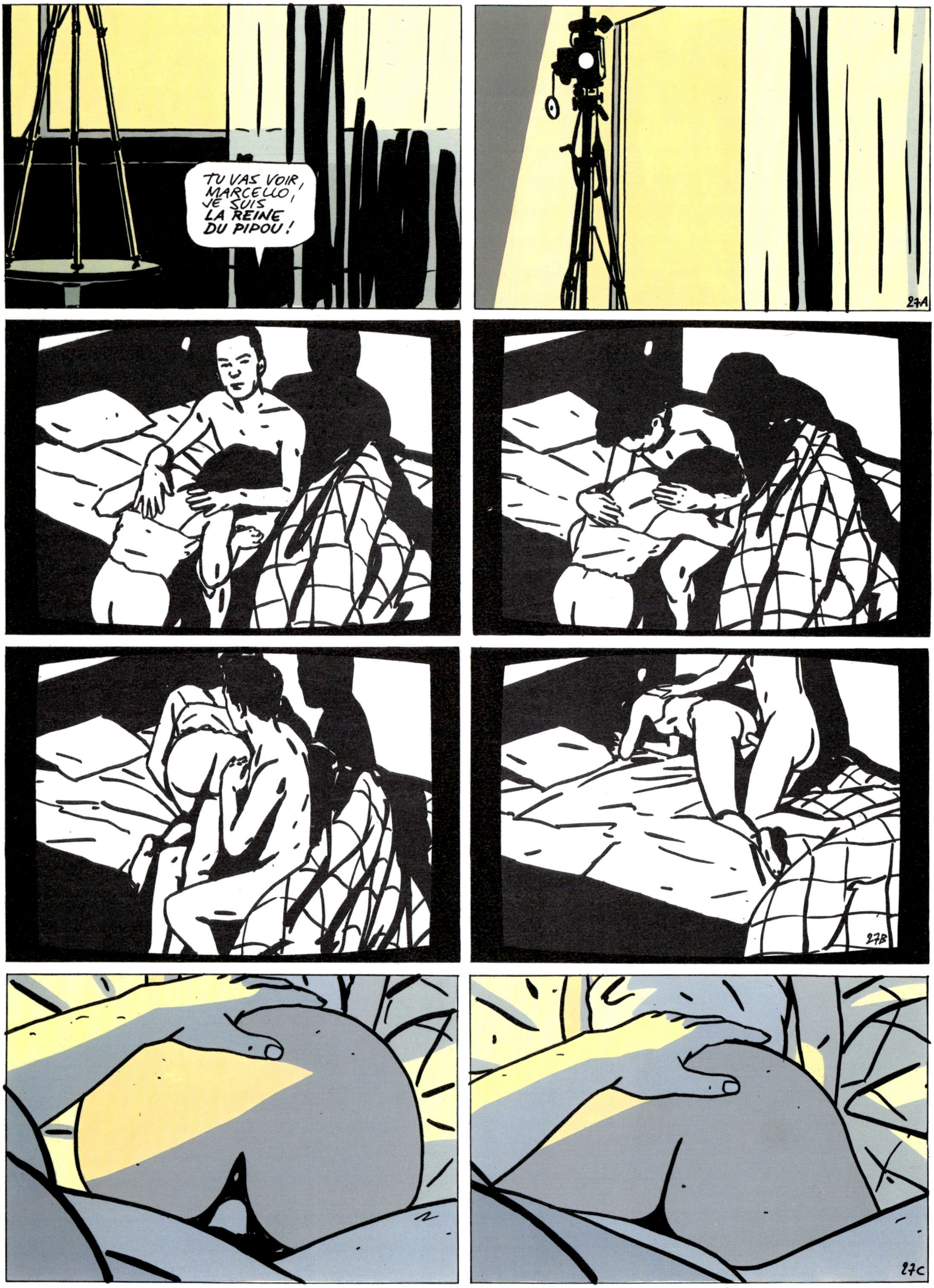
TU VAS VOIR, MARCELLO, JE SUIS LA REINE DU PIPOU !

28A
28B

29A
29B

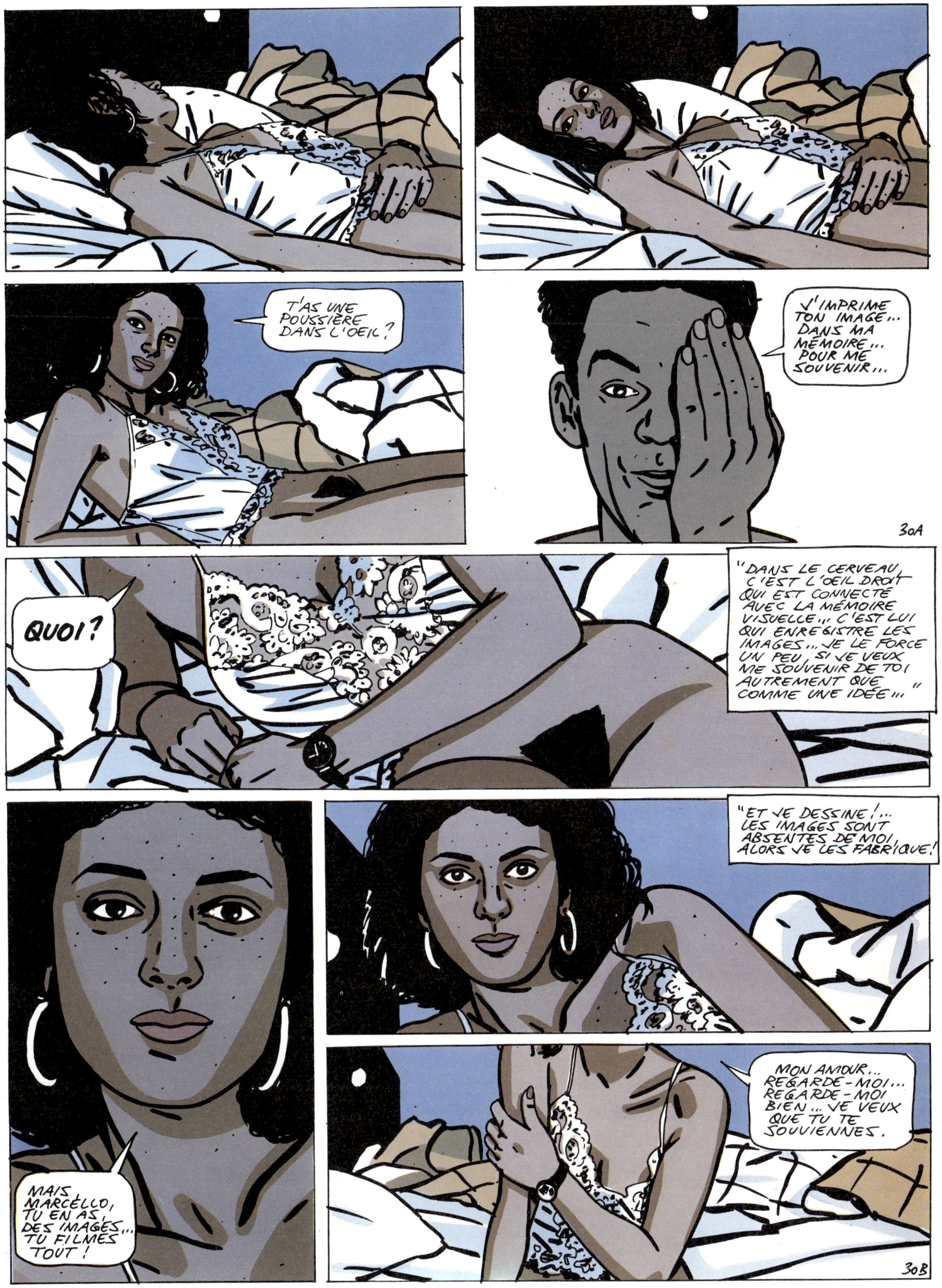
T'AS UNE POUSSIÈRE DANS L'OEIL ?
J'IMPRIME TON IMAGE... DANS MA MÉMOIRE... POUR ME SOUVENIR...
30A
QUOI ?
"DANS LE CERVEAU, C'EST L'OEIL DROIT QUI EST CONNECTÉ AVEC LA MÉMOIRE VISUELLE... C'EST LUI QUI ENREGISTRE LES IMAGES... JE LE FORCE UN PEU, SI JE VEUX ME SOUVENIR DE TOI AUTREMENT QUE COMME UNE IDÉE..."
MAIS MARCELLO, TU EN AS, DES IMAGES... TU FILMES TOUT !
"ET JE DESSINE !... LES IMAGES SONT ABSENTES DE MOI, ALORS JE LES FABRIQUE !
MON AMOUR... REGARDE-MOI... REGARDE-MOI BIEN... JE VEUX QUE TU TE SOUVIENNES.
30B

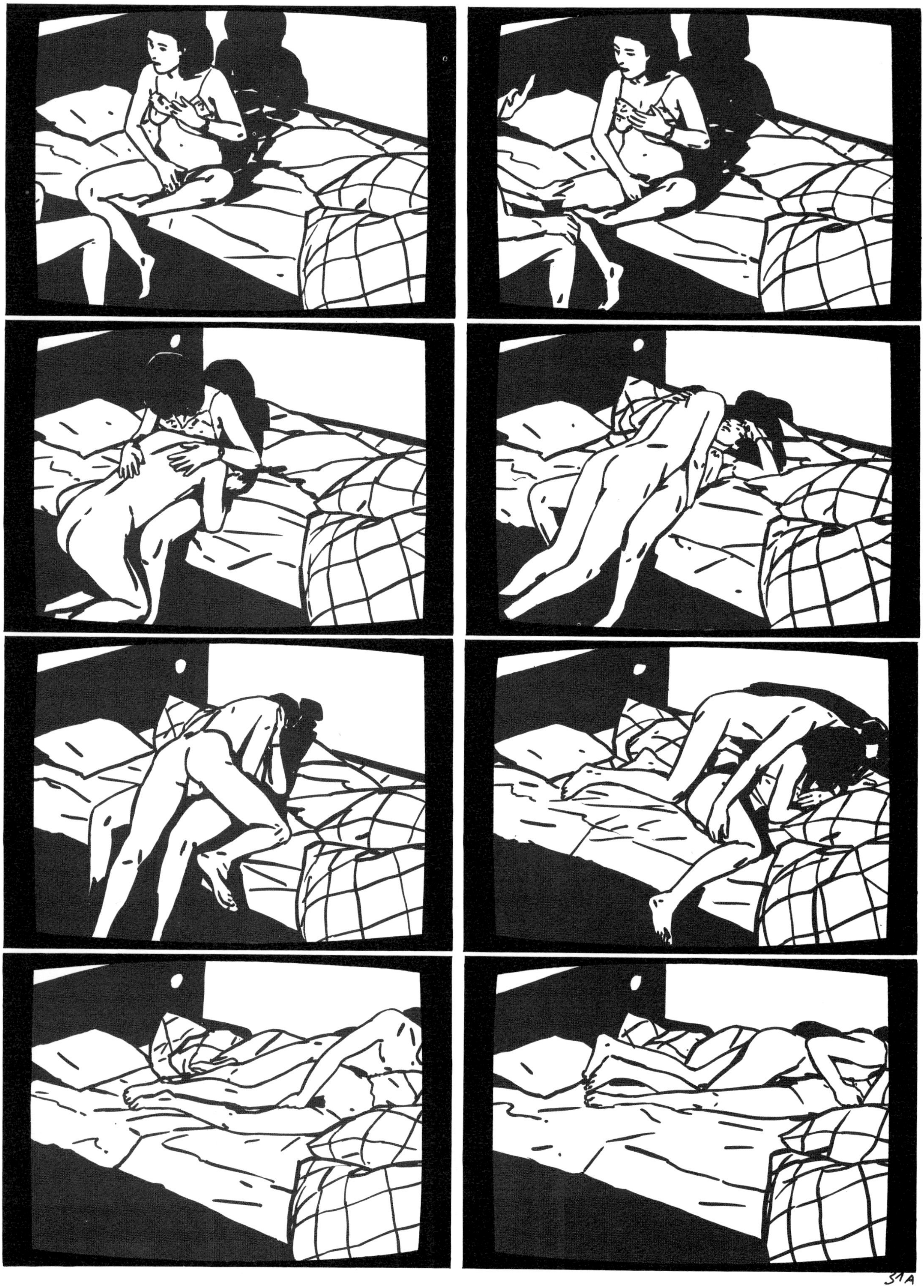

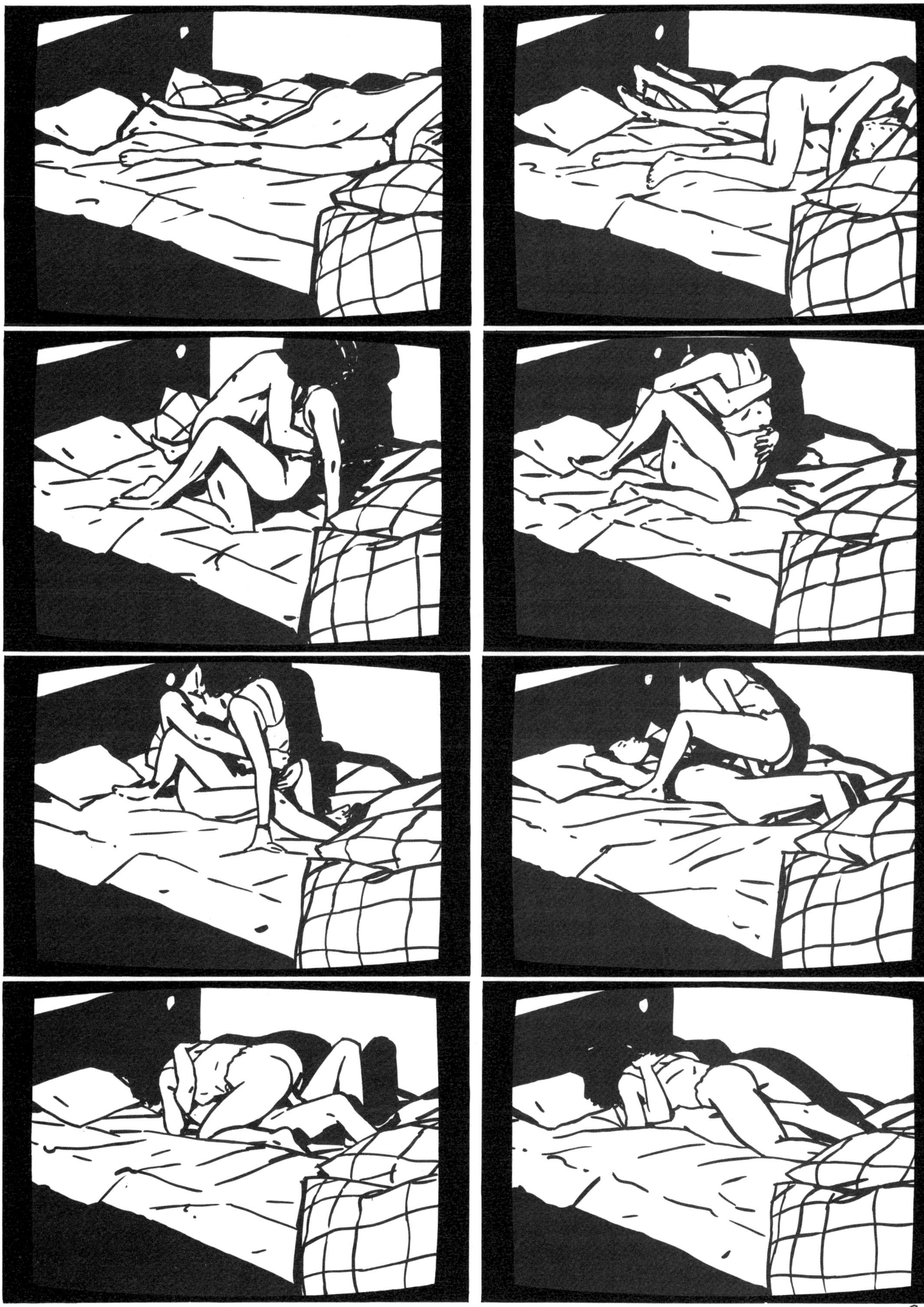

31 B

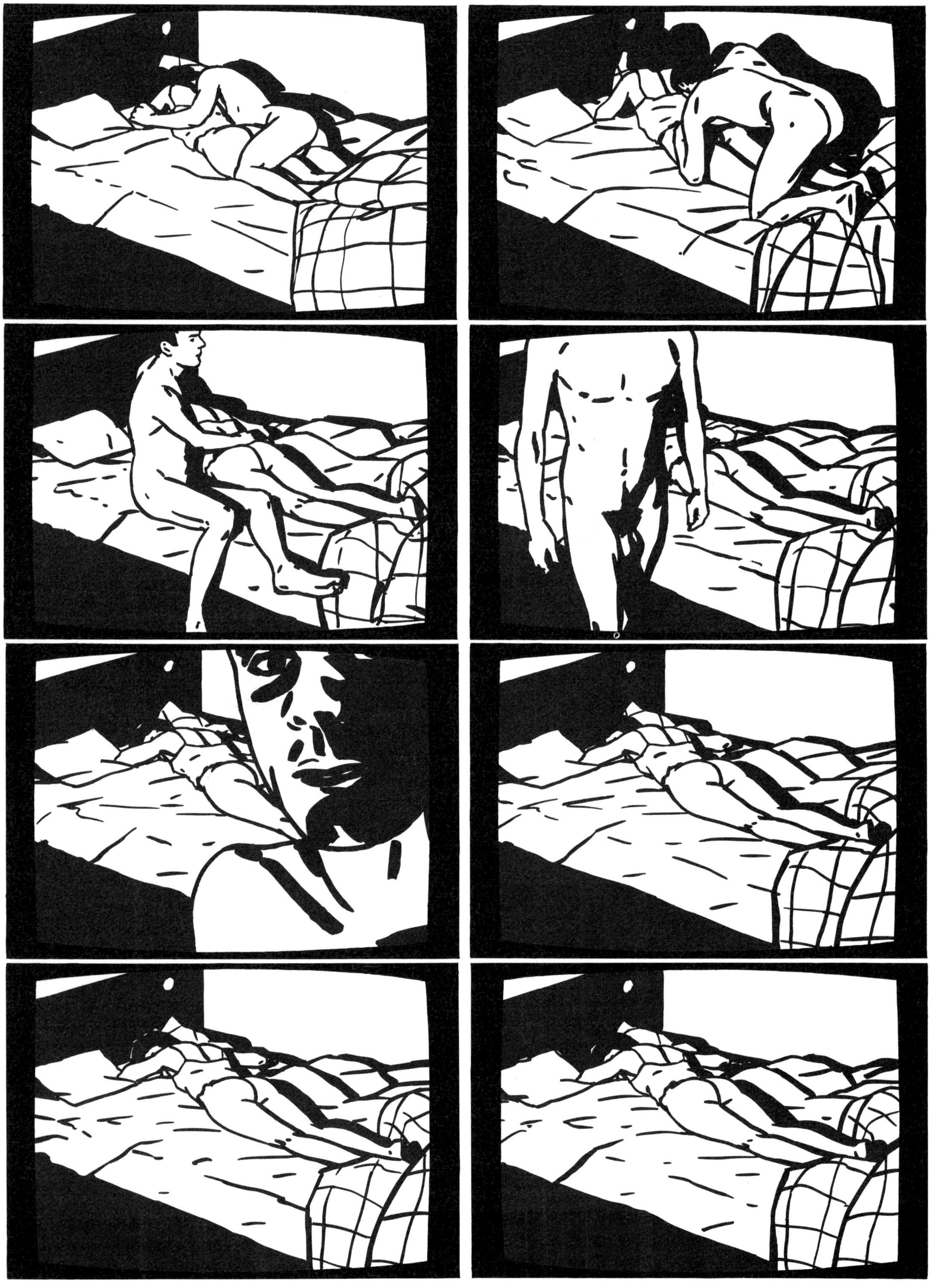

32

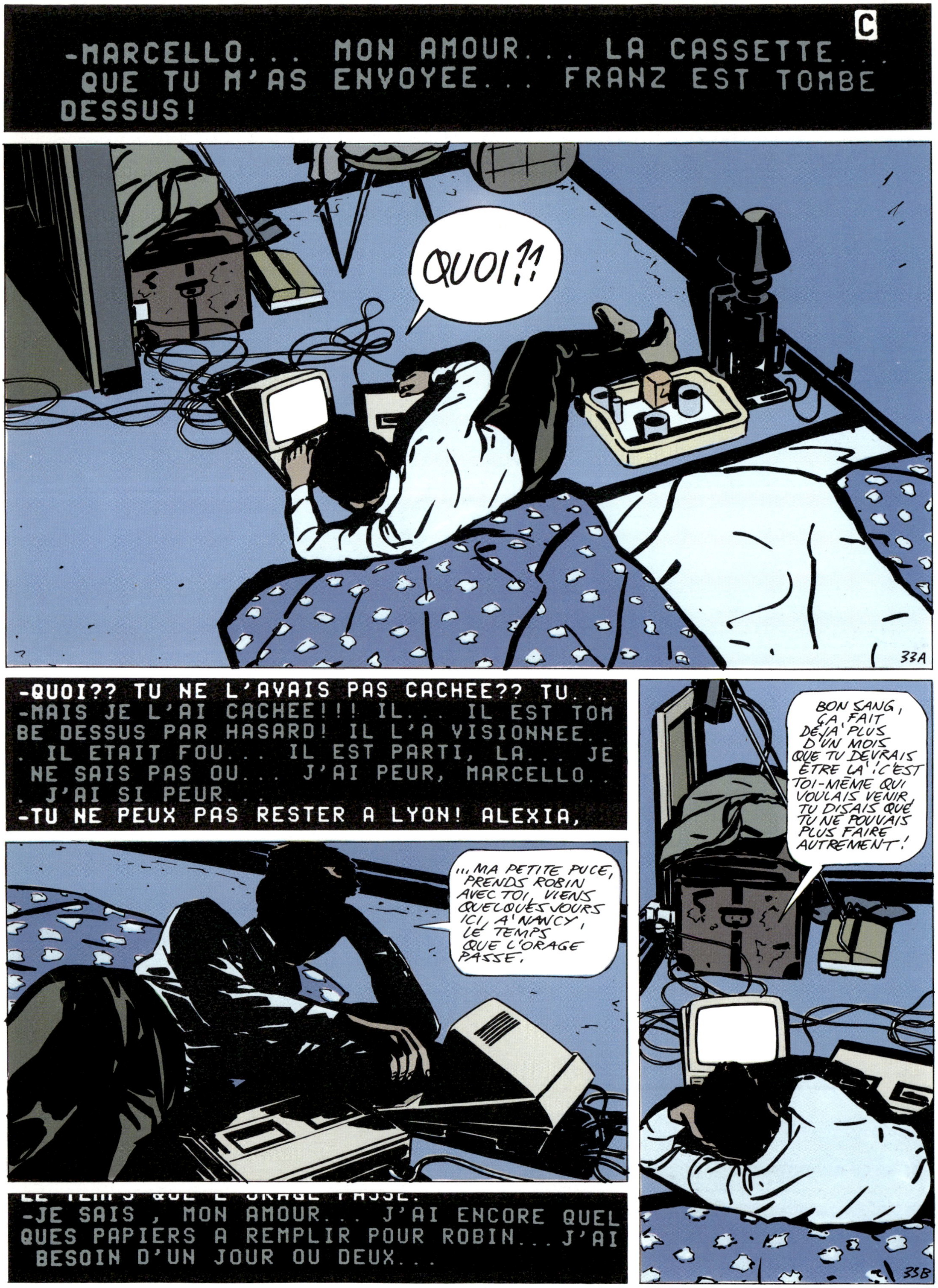
C
-MARCELLO... MON AMOUR... LA CASSETTE... QUE TU M'AS ENVOYEE... FRANZ EST TOMBE DESSUS!
QUOI?!!
33A
-QUOI?? TU NE L'AVAIS PAS CACHEE?? TU...
-MAIS JE L'AI CACHEE!!! IL... IL EST TOM BE DESSUS PAR HASARD! IL L'A VISIONNEE... IL ETAIT FOU... IL EST PARTI, LA... JE NE SAIS PAS OU... J'AI PEUR, MARCELLO... J'AI SI PEUR...
-TU NE PEUX PAS RESTER A LYON! ALEXIA,
...MA PETITE PUCE, PRENDS ROBIN AVEC TOI, VIENS QUELQUES JOURS ICI, À NANCY, LE TEMPS QUE L'ORAGE PASSE.
-JE SAIS , MON AMOUR... J'AI ENCORE QUEL QUES PAPIERS A REMPLIR POUR ROBIN... J'AI BESOIN D'UN JOUR OU DEUX...
BON SANG, ÇA FAIT DÉJÀ PLUS D'UN MOIS QUE TU DEVRAIS ÊTRE LÀ ! C'EST TOI-MÊME QUI VOULAIS VENIR, TU DISAIS QUE TU NE POUVAIS PLUS FAIRE AUTREMENT !
33B

-MARCELLO... MON AMOUR... SUR CE QUE J'A
I DE PLUS CHER AU MONDE... SUR MA VIE...
JE TE JURE... JE VIENDRAI A TOI...
JE N'ATTENDS QUE ÇA ALEXIA...
-LAISSE-MOI SEULEMENT QUELQUES JOURS...
-MAIS L'AUTRE-LA, L'HYSTERIQUE, IL YA BI
EN FINIR PAR RENTRER... QU'EST-CE QUE TU
VAS FAIRE?
-JE NE SAIS PAS, MON AMOUR... JE NE SAIS
PAS... OOOH, COMME JE T'AIME... TOUT ES
T TELLEMENT PLUS SIMPLE AVEC TOI... MARC
ELLO... JE... ATTENDS...
???
ELLO... JE... ATTENDS...
-???
-JE DOIS COUPER!
FIN DE COMMUNICATION
MERDE! MERDE! MEEERDE!

''- MARCELLO... ÉCOUTE... JE NE PEUX PAS VENIR POUR L'INSTANT... C'EST IMPOSSIBLE... IL ME COLLE SANS ARRÊT... IL M'A PIQUÉ MON CHÉQUIER... JE N'AI PLUS UN SOU...
ALORS J'UI AI DIT, MOI ! IH ! IH !
BRASSERIE
SOLDES
35A
... MÊME PAS DE QUOI ME PAYER LE VOYAGE... JE NE SAIS PLUS QUOI FAIRE... IL FAUT ME CROIRE, MARCELLO... OOOH, JE T'EN SUPPLIE... DÈS QUE JE POURRAI, JE VIENDRAI À TOI...''
''C'EST L'BORDEL VOS ASS'DIC !'' IH ! IH ! L'BORDEL !!
SOLDES
SOLDES
SOLDES
''- CATHERINE... JE... TU AS REPRIS TON OREILLER ?... TES AFFAIRES DANS L'ARMOIRE... ELLES N'Y SONT PLUS ?
- C'EST FINI, MARCELLO... J'AI CRU QUE JE POURRAIS M'EN ACCOMMODER DE TON ALEXIA... MAIS SON ABSENCE... C'EST ENCORE PIRE QUE SI ELLE ÉTAIT LÀ...
35B
CITIZEN
... TU NE PENSES QU'À ELLE, TU NE ME REGARDES PLUS... J'AI FAIT CE QUE J'AI PU... JE NE PEUX PLUS RIEN...''

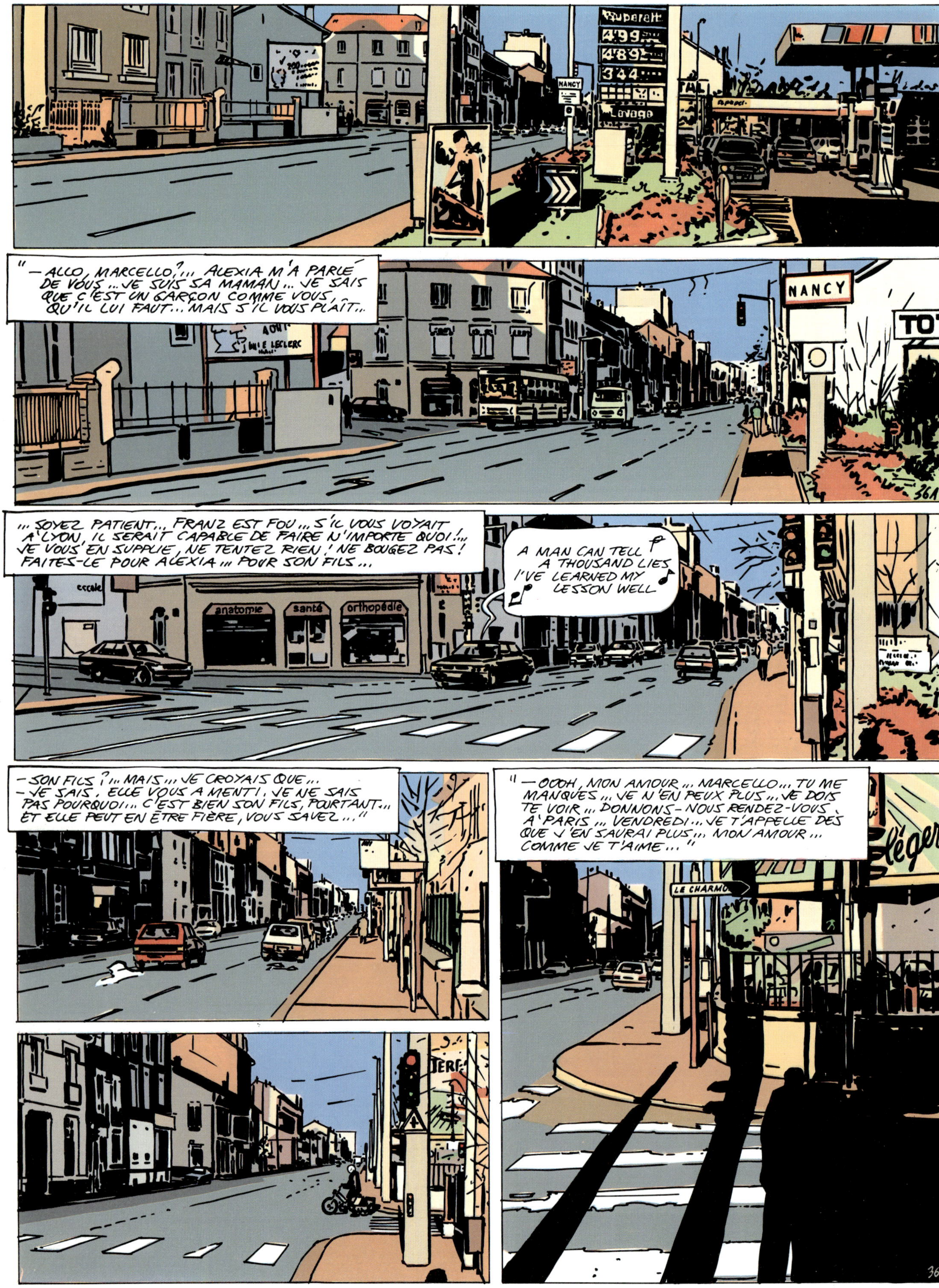
NANCY
Lavage
"— ALLO, MARCELLO ?... ALEXIA M'A PARLÉ DE VOUS... JE SUIS SA MAMAN... JE SAIS QUE C'EST UN GARÇON COMME VOUS, QU'IL LUI FAUT... MAIS S'IL VOUS PLAÎT...
NANCY
... SOYEZ PATIENT... FRANZ EST FOU... S'IL VOUS VOYAIT À LYON, IL SERAIT CAPABLE DE FAIRE N'IMPORTE QUOI !... JE VOUS EN SUPPLIE, NE TENTEZ RIEN ! NE BOUGEZ PAS ! FAITES-LE POUR ALEXIA... POUR SON FILS...
A MAN CAN TELL A THOUSAND LIES I'VE LEARNED MY LESSON WELL
escale
anatomie
santé
orthopédie
— SON FILS ?... MAIS... JE CROYAIS QUE...
— JE SAIS. ELLE VOUS A MENTI. JE NE SAIS PAS POURQUOI... C'EST BIEN SON FILS, POURTANT... ET ELLE PEUT EN ÊTRE FIÈRE, VOUS SAVEZ..."
"— OOOH, MON AMOUR... MARCELLO... TU ME MANQUES... JE N'EN PEUX PLUS... JE DOIS TE VOIR... DONNONS-NOUS RENDEZ-VOUS À PARIS... VENDREDI... JE T'APPELLE DÈS QUE J'EN SAURAI PLUS... MON AMOUR... COMME JE T'AIME..."
LE CHARMO
léger

"— TÉLÉGRAMME TÉLÉPHONÉ, M'SIEUR, VOUS PRENEZ NOTE ?
— ALLEZ-Y...
— "PETIT HOMÈRE MALHEUREUX"...
— PETIT QUOI ?
— "HOMÈRE", M'SIEUR... "H, O, M, È, R, E"... "HOMÈRE MALHEUREUX"...
mode
— OUI, D'ACCORD, ÇA VEUT DIRE QUOI ?
— JE NE SAIS PAS, M'SIEUR, JE TRANSMETS... JE CONTINUE ?... "PETIT HOMÈRE MALHEUREUX, PAS DE SOU POUR PARIS, PEUT-ÊTRE FAUT-IL L'OUBLIER." SIGNÉ "ALEXIA".
— BON, D'ACCORD... MAIS "HOMÈRE", JE NE COMPRENDS PAS...
— MOI NON PLUS, M'SIEUR... CE S'RAIT PAS UN GENRE DE POÈME, DES FOIS ?..."
AH !... VOUS TOMBEZ À PIC ! J'AI UNE LETTRE POUR VOUS, EN RECOMMANDÉ AVEC ACCUSÉ DE RÉCEPTION...
ÇA VIENT DE LYON.
Marcello DODGSON
268, av. du gén. LECLERC
54000 NANCY

Lyon, le 8 décembre 1988

Marcello,

Cette lettre pour mettre un point final, te demander de m'oublier. Te "demander" n'est sans doute pas le mot approprié, car je n'attendrai pas ton avis.

Après réflexion, j'en suis arrivée à une conclusion : nous n'avons fait qu'utiliser les fragilités temporaires de nos compagnons respectifs pour construire un château sur les sables. Avec toi, un jour ou l'autre, j'aurais fini — comme toi sans doute — par envisager d'autres châteaux, sur d'autres sables. Comme dit Lacan, en parlant du désir : "il court, il court, le furet...".

Avec celui qui s'est coupé en quatre, dans ses actes, pour me faire vivre, et non simplement survivre, il vaut la peine d'essayer de fonder, tissé cependant de plaisirs charnels, un amour plus profond, moins aveugle, moins emporté. Un amour réfléchi, construit.

Il ne s'agit pas d'abnégation, mais d'un choix, d'autant moins discutable que lui aussi, en fait, sait m'aimer.

J'ai fui devant le problème — on le sait — de toute vie commune, inscrite dans la réalité et le temps, et qui consiste à toujours devoir déjouer routine et usure, et à se trouver dans la nécessité de créer l'aventure ici, maintenant, avec son compagnon, plutôt que là-bas, en compagnie de ce "prince"... prince dont le charme est appelé à s'évanouir dès que là-bas devient ici, que rêves et désirs se changent en tradition.

Tu dois accepter ma décision... Ne plus me téléphoner... Ne plus m'écrire.

Franz, quant à lui, s'efforce de cicatriser pour autant que le permette le mal que nous lui avons fait.

Quant à toi, Marcello, je suis sûre que tu y parviendras très vite, si ce n'est déjà fait. C'est tout, désormais, ce que je peux te souhaiter, ou presque...

Car je n'oublie pas en effet, ce voeu, que tu puisses bien conduire ta vie.

Il ne me reste, Marcello, qu'à te dire adieu.

Alexia

ATTENTION, QUAI 2 VOIE 3...!
40A
...LE TRAIN 1552 EN PROVENANCE DE METZ, ET À DESTINATION DE LYON PART-DIEU, ENTRE EN GARE...
NANCY
40B
POON!
LYON PART-DIEU! LYON PART-DIEU!
ET LES VALISES, C'EST MOI QUI LES DESCENDS?
...TERMINUS DU TRAIN, CORRESPONDANCE POUR CHAMBÉRY, GRENOBLE...
LE TRAIN DE GRENOBLE, IL S'ARRÊTE BIEN À CHAMBÉRY?
40C

Gare Lyon Part Dieu
TAXI
LYON PART-DIEU ! LYON PART-DIEU ! TROIS MINUTES D'ARRET ! CORRESPONDANCE POUR CHAMBERY, GRENOBLE...
HEM.
... JE DOIS VOUS LE REPRENDRE... C'EST LA' QUE JE DESCENDS !
36 15 ALEXIA
AAAH ZUT !... JE N'AI PAS EU LE TEMPS DE LIRE LA FIN !
EH BIEN, IL NE VOUS RESTE QU'A' L'ACHETER... VOUS LE TROUVEREZ FACILEMENT...
36 15
... L'ALBUM SORT DANS QUELQUES JOURS, IL SERA DANS TOUTES LES LIBRAIRIES !
EH ! ÇA S'APPELLE DE LA VENTE FORCÉE CE QUE VOUS FAITES !

TAXI
DÉPOSE
CASINO
CAFE DE L'AVENIR
VETEMENTS
tapissier
SIEGES
42A
42B
DING!

MARCELLO, TU ES FOU !?... SI FRANZ AVAIT ÉTÉ LÀ ?
"... CHUT, ALEXIA...
... PAS UN MOT... J'AI PERDU L'HABITUDE... TOUT CE TEMPS SANS NOUVELLE DE TOI..."
"JE T'AI ATTENDUE, ALEXIA... DURANT QUARANTE PAGES... PENDANT UN AN... TU N'ES PAS VENUE..."
"MAINTENANT, J'AI POSÉ MON DERNIER COUP DE PINCEAU... JE PEUX COMMENCER À OUBLIER TON VISAGE..."
"J'AI UNE SURPRISE POUR TOI..."
TON IMAGE, ALEXIA, JE TE LA RENDS.
43A
36 15 ALEXIA
"... ALEXIA SUR TA VIE, TU AVAIS JURÉ !..."
MARCELLO... ?
43B

ALORS ?... LA RÉALITÉ ?...
BON SANG ! CE QUE ÇA M'AGAÇAIT DE NE PAS AVOIR LU LA FIN !... J'AI SAUTÉ DU TRAIN, J'AI PRIS UN TAXI DERRIÈRE VOUS, BREF, ME VOILÀ !!
...C'EST QUE... MON LIVRE... JE NE L'AI PLUS... JE VIENS DE LE DONNER...
...À ALEXIA !
VOUS AURIEZ PU DIRE AU TAXI DE VOUS ATTENDRE...
ET VOUS AUSSI, NON ?
AAAH, MOI, JE NE SAVAIS PAS COMBIEN DE TEMPS ÇA ALLAIT DURER !
CASINO
...C'EST BIEN CE QUE JE PENSAIS. PLUS BESOIN DE LA LIRE, CETTE FIN, **JE LA VIS** SI JE COMPRENDS BIEN !
DISONS... À UN DÉTAIL PRÈS, OU DEUX...
POUR CE SOIR, VOUS AVEZ PRÉVU QUOI ?
CAFÉ DE L'AVENIR
LE TRAIN DU RETOUR VERS 23H30...
BON ! D'ICI LÀ VOUS ALLEZ POUVOIR M'INVITER AU RESTAU.
EUH... SI VOUS VOULEZ...
AAAH ! ÇA TOMBE BIEN, JE MEURS DE FAIM !... ET PUIS, VOUS AVEZ UN DÉTAIL OU DEUX À ME RACONTER, NON ?...
...VOUS EN ÉTIEZ RESTÉE OÙ ?...
EH BIEN... MARCELLO VENAIT DE DESCENDRE DU TRAIN... IL ÉTAIT SUR LE POINT DE PRENDRE UN TAXI...

TAXI
36-15 Angela
TAXI
SIEGES
45A
ZIIII!
45B

MARCELLO ! TU ES FOU ! JE T'AVAIS DIT DE NE PAS ESSAYER DE ME REVOIR !...
"...CHUT, ALEXIA..."
...PAS UN MOT... J'AI UNE SURPRISE POUR TOI !...
TON IMAGE, ALEXIA, JE TE LA RENDS.
FRRRR
Dodgson

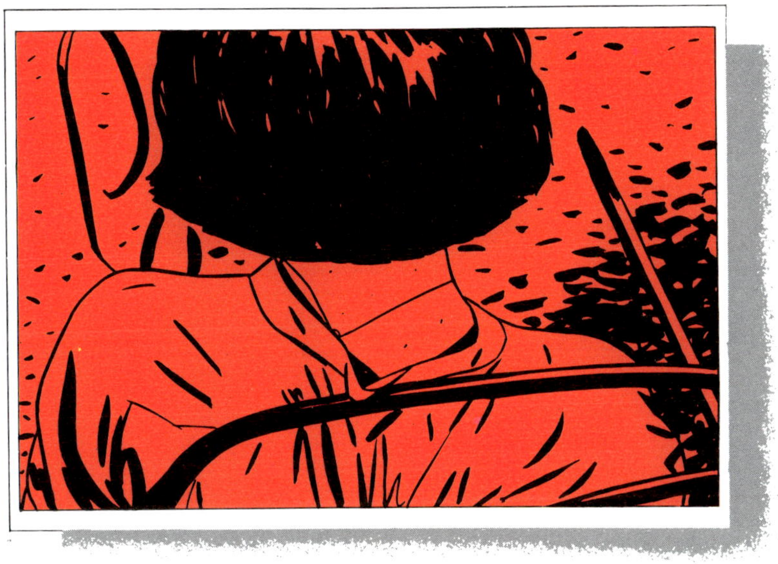

Les Humanoïdes Associés
ROMAN GRAPHIQUE.